A. DE LAZAREFF

En Exil

My Native Land, Good Night!
BYRON

= Chant du Cygne =

PARIS
MCMXII

Ouvrage recommandé
par le
« *Syndicat des Auteurs et Gens de Lettres* »

———

PARIS
le 25 janvier 1912

ERRATA

Page 37, ligne 17-18, *lire :* « indul-
gences, rachat de *nos* péchés », Page 41,
ligne 9, pour *soignés*, lire : *entretenus ;*
Même page, ligne 13, après *légaux;* lire :
Reichstag ; après Douma, lire : « *Narodno
Sobranié* », « *Scoupchtina* »,,

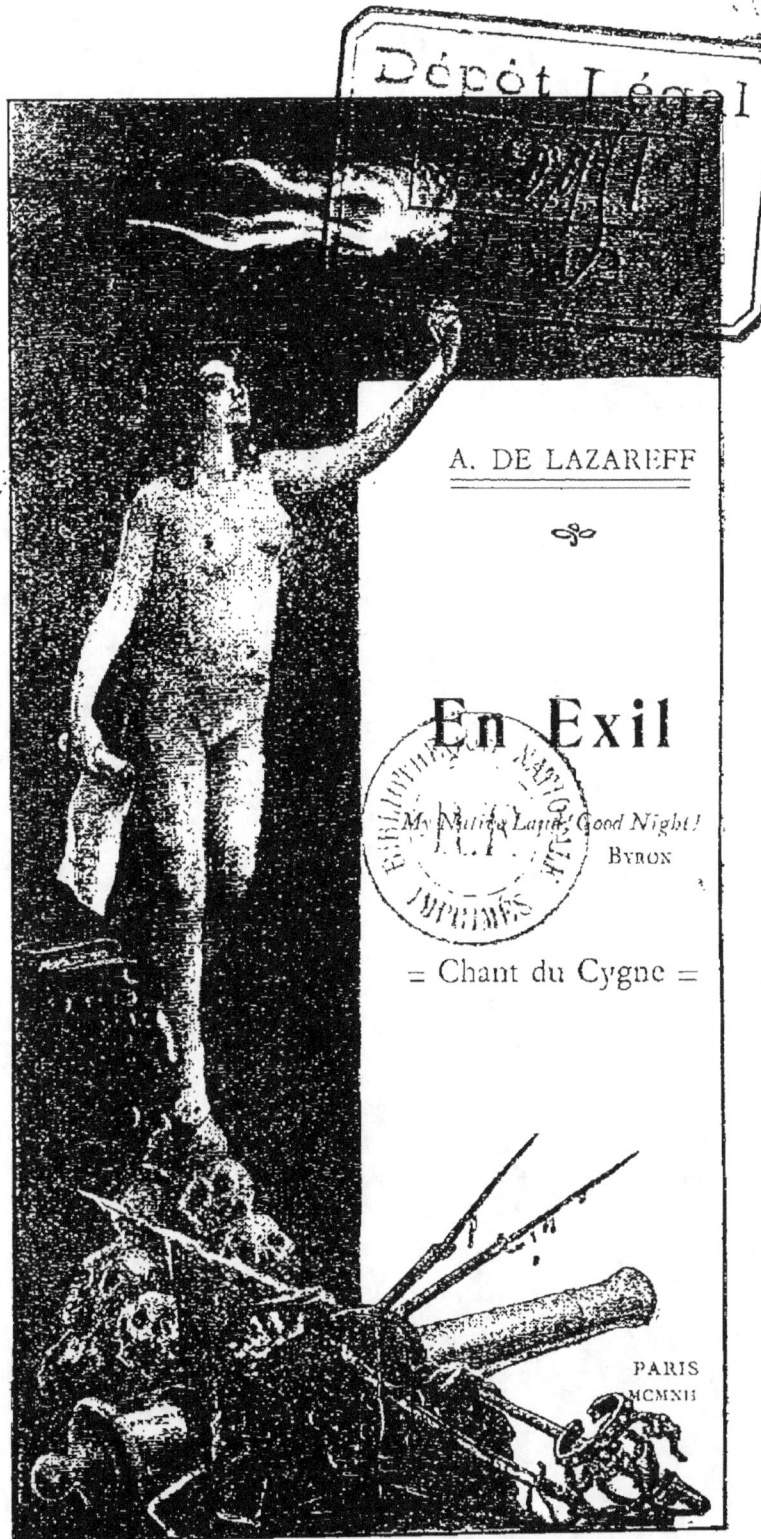

A. DE LAZAREFF

❧

En Exil

My Native Land! Good Night!
BYRON

= Chant du Cygne =

PARIS
MCMXII

En Exil

PRÉLUDES

I

Selon que vous serez puissant ou misé-
rable, les jugements de cour vous
rendront blanc ou noir.

La Fontaine.

Les familles donnent à l'armée des jeunes gens purs et sains de corps ; elle
leur rend des hommes pourris jusqu'aux moelles, atteints de maladies
honteuses et de vices dégradants...

Le R. P. Forbes.

Nul homme n'a le droit de réclamer la
satisfaction de ses caprices aussi long-
temps que les besoins réels des autres
ne sont pas satisfaits. — Max Nordau.

... Il ne sert donc de rien de tuer les empereurs, les rois, les présidents de

Républiques, les ministres ou les gouverneurs d'Etat ; ce qu'il faut, c'est les
convaincre qu'ils sont *eux-mêmes des
assassins*, mais surtout ne pas leur
permettre de tuer ou — opposer le refus
de tuer sur leur ordre. — Léon TOLSTOÏ.

Ceux qui croient au royaume des cieux
ne peuvent admettre que tous les biens
du monde d'ici-bas, ne soient entre
leurs griffes... — Martin LUTHER.

Je n'aurais pu être soldat, j'aurais
déserté ou je me serais suicidé.
                    Ernest RENAN.
        (*Souvenirs d'enfance et de jeunesse.*)

La République n'est pas autre chose que
la Monarchie absolue, car peu importe
que le monarque soit prince ou peuple,
quand tous deux sont une « Majesté ! »
                    Max STIRNER.

Que le rôle de l'homme soi-disant
« civilisé » aurait pu être beau, s'il
avait su le comprendre, et si lui-
même n'avait été affligé de ces deux
pestes · le gouvernement et le mer-

cantilisme, deux plaies affreuses dont
il devrait bien songer à se débar-
rasser avant de chercher à civiliser les
autres. — Jean GRAVE.

Il serait juste que tous les grands de la
terre et que tous les nobles de nais-
sance, mais au cœur ignoble, fussent
pendus avec les boyaux des prêtres.
Curé MESLIER.
(Non ! Dieu n'est pas !)

Les hommes passent la moitié de leur
vie à se forger des chaînes et l'autre
moitié — à se plaindre de les porter.
Octave MIRBEAU
(de l'Académie Goncourt)

Ni Dieu, ni maître. — Auguste BLANQUI.

L'Anarchie est la forme sociale de
l'avenir. — M. FINET.
(Discours au Sénat belge).

II

En devenant anarchistes, nous déclarons guerre à tout ce flot de trompe-
rie, de ruse, d'exploitation, de dépra-
vation, de vice — d'inégalité en un mot
— qu'elles ont déversé dans les cœurs
de nous tous. Nous déclarons guerre
à *leur* manière d'agir, à *leur* manière
de penser. Le gouverné, le trompé,
l'exploité, la prostituée et ainsi de
suite, blessent avant tout nos senti-
ments d'égalité. C'est au nom de l'Ega-
lité que nous ne voulons plus ni
prostituées, ni exploités, ni trompés,
ni gouvernés. — Pierre KROPOTKINE.

Les seuls qui aient le droit de dire
qu'ils aiment leur pays, parce qu'ils
le prouvent, ce sont ceux qui travail-
lent, ceux qui produisent. Ce sont
aussi ceux qui veulent pour leur pays
— ou mieux pour ceux qui l'habi-
tent — le plus de bien-être, le plus
de justice, la plus haute culture

intellectuelle et morale. Le paysan qui
laboure, l'ouvrier qui fabrique, l'inventeur qui trouve des procédés nouveaux de culture ou de fabrication, le
savant qui, par ses découvertes, pré-
pare celles de l'inventeur, l'artiste qui
crée de la beauté, c'est-à-dire de la
joie pour tous, le révolutionnaire
qui, par son énergie, son exemple,
entraîne la foule timide à la conquête
de plus de justice sociale — les
voilà les vrais, les seuls patriotes.
Tous ceux-là payent chaque jour leur
dette à leur pays. Ils ne lui doivent
donc plus rien et personne n'a rien à
leur demander. — Charles ALBERT.

Je crois invinciblement que la science
et la paix triompheront de l'ignorance
et de la guerre, que les peuples s'entendront non pour détruire mais pour
édifier, et que l'avenir appartiendra
à ceux qui auront le plus fait pour
l'humanité souffrante. — PASTEUR.

Imagine-t-on une civilisation qui se
rengorge d'honneur et de fierté, et
qui livre à la débauche tous les citoyens

obligés de passer par ce lieu d'infec-
tion morale qu'on nomme la *caserne*.

L'abbé CRESTEY.

Oui, une société qui admet la misère,
oui, une humanité qui admet la guerre
me semble une société, une humanité
inférieure ; c'est vers la société d'en
haut, vers l'humanité d'en haut que
je tends, société sans rois, humanité
sans frontières. — Victor HUGO.

Les lois produisent les guerres, et les
guerres enlèvent une partie des habi-
tants du monde. — LINGUET.

Les troupes réglées ont été créées en
apparence pour contenir l'étranger,
en réalité pour opprimer l'habitant.

J.-J. ROUSSEAU.

Les nations sont destinées à se fondre
pour n'en faire plus qu'une grande
qui abattra les frontières.

CHEVREUL.

« ... Messieurs de la Cour, ils avaient
juré de nous juger sans haine et sans
crainte ; ils nous ont jugé avec leur

haine de classe, avec la crainte des journaux, des amis, de l'opinion publique de leur classe. Ils ont creusé plus profond l'abîme entre leur classe et la nôtre (celle du prolétariat, qui porte aujourd'hui tout le poids, toute la tristesse et l'injustice de la société actuelle); ils ont creusé la fosse où nous les jetterons! » — Gustave HERVÉ.

La religion, c'est la haine semée entre les humains, c'est la servilité lâche et résignée des millions de soumis; c'est la férocité arrogante des papes, des pontifes, des prêtres.

Sébastien FAURE.
(*Les Crimes de Dieu.*)

Les passions d'un gouvernement montrent de la faiblesse, tandis que celles d'un peuple montrent de la force.

L. BÔRNE.

Jadis îlotes, hier serfs, aujourd'hui salariés — toujours esclaves.

Louise MICHEL.

III

Vous, poètes, peintres, sculpteurs, musiciens, si vous avez compris votre vraie mission sur terre et les intérêts de l'art lui-même, venez donc mettre votre plume, votre pinceau, votre burin, au service de la révolution sociale ; racontez-nous, dans votre style imagé ou dans vos tableaux saisissants, les luttes titaniques des peuples contre leurs oppresseurs ; enflammez les jeunes cœurs de ce beau souffle révolutionnaire qui inspirait nos ancêtres ; dites à la femme ce que l'activité de son mari a de beau s'il donne sa vie à la grande cause de l'émancipation sociale. Montrez au peuple ce que la vie actuelle a de laid, et faites-nous toucher du doigt les causes de cette laideur ; dites-nous ce qu'une vie rationnelle serait, si elle ne se heurtait à chaque pas contre les inepties et les ignominies de l'ordre social actuel.

Pierre KROPOTKINE.

« La caserne fait de nous une machine
à obéir, comme elle en fait une machine à astiquer et à marcher au pas.
Au seuil de la caserne, chaque cons-
crit laisse son cerveau et sa volonté,
toute dignité et toute initiative ; au
régiment, tout cela est remplacé par un
seul mot : *obéir !* Il faut obéir aux
ordres les plus idiots, les plus contra-
dictoires, les plus immoraux, les plus
grossiers. Il faut obéir comme un
chien qui sent levé sur lui le fouet
du maître. Ce fouet, c'est le Code qui
punit de mort un geste de dignité,
un mouvement de révolte. Obéir
comme un lâche, car l'on a toujours
peur que, même en obéissant, on soit
encore puni, parce qu'en réalité, ce
n'est que la lâcheté morale, l'habitude
de se soumettre et de trembler qu'on
rapporte des casernes. »

Georges YVETOT.

L'Amour de la patrie est une mysti-
fication. — Alphonse KARR.

« Si vous croyez ne pouvoir supporter
les vexations, les insultes, les imbé-

cilités, les punitions et toutes les tur-
pitudes qui vous attendent à la
caserne : *Désertez !* Cela vaut encore
mieux que de servir d'amusement
aux bourreaux alcooliques et fous
furieux qui prendraient soin de vous
dans les bagnes militaires. »

(*Nouveau Manuel du Soldat.*)

L'humanité doit beaucoup à la scéléra-
tesse de la Papauté ! La bonté de la
Papauté doit un compte terrible à
l'humanité !... — Oscar WILDE.

L'alcoolisme, la prostitution et l'hypocrisie, voilà ce qu'apprend la vie à
la caserne. — Charles RICHET.

(Professeur à l'Université de Paris.`

Quand la liberté a disparu, il n'y a
plus de patrie.   CHATEAUBRIAND.

Un seul meurtre fait un scélérat, des
milliers de meurtres font un héros.

ERASME.

Les troupes réglées ont été et seront
toujours le fléau de la liberté.

MIRABEAU.

L'Armée est l'Ecole du Crime.

Anatole FRANCE.

(de l'Académie française.)

Il n'y a point de plus cruelle tyrannie
que celle que l'on exerce à l'ombre
des lois et avec les couleurs de la
Justice. — MONTESQUIEU.

En l'an 2.000, il n'y aura plus ni
guerres, ni frontières arrosées de sang
humain. BERTHELOT.

(de l'Académie des Sciences
et de Médecine.)

IV

J'ai vécu pour la liberté et je mourrai
   pour la liberté, car la liberté est ma
   vie.   Suga KANNO
       (compagne de Kotoku).

« Rien ne nous rend si grand, qu'une
   grande douleur ! »
          Alfred DE MUSSET.

« L'ignorance couvre la science : ainsi
   errent les êtres. » — BHAGAVAD-GITA.

Les anarchistes veulent instaurer un mi-
   lieu social qui assure à chaque individu le maximum de bien-être et de
   liberté adéquat à chaque époque.
          LE LIBERTAIRE.

« Anarchie, que ton règne arrive ! »
          César DE PAEPE.

Licht, mehr Licht ! — GOETHE.

Chant du Cygne

Dédié à tous les exilés révolution-
naires du monde, sacrifiés
dans les combats affreux pour
la conquête de la Liberté de
leur pays natal et de l'Hu-
manité.

L'AUTEUR.

I Speak to Time and to Eternity !

Byron.

I.

N'est-ce pas toi, Terre Ètrangère, *homme unique* et *accueillant,* qui, par solidarité me donnas l' « abri » et l' « hospitalité », que je fus forcé de chercher loin de ma patrie ? dont le peuple est gouverné par une poignée de bandits officiels, de brutes sauvages et couronnées... de brigands et de fainéants légaux !

Je m'incline devant toi, en reconnaissance de ta complaisance et je m'avance sur ton sol avec respect, même dut-il m'en coûter la désapprobation du monde entier !

II

N'est-ce pas chez toi, heureuse contrée, patrie d'adoption et refuge tant recherché de tous les vaillants militants, de tous les grands auteurs, exilés universels, combattant par la parole, la bombe... ou les armes, au nom du bien social et pour la lumière et l'humanité, que je pus enfin, tout comme eux, respirer un air pur et libre ? Lorsque, seul, j'abordai sur tes rives de granit, pour moi plus hospitalières que les miennes, il ne me restait aux mains que le fier drapeau de la Liberté, criblé de balles dans la mêlée !

III

C'est ici que je sentis renaître en moi les forces vitales pour lutter contre la servitude physique et intellectuelle terrorisée, contre tous les roturiers d'esprit et sans scrupules : hommes de loi, religieux, prêtres, capitalistes et seigneurs — les tyrans et les tortureurs, les maîtres de l'or, du pouvoir, des trônes et des parlements, qui oppriment le peuple dans son corps et dans son esprit ! Il en est qui ont avili, ont détruit impitoyablement leur patrie, l'ont déshonorée, l'ont outragée et l'ont foulée aux pieds, la transformant ainsi en un désert sans oasis ; c'est de cette manière, assoifés de s'enrichir du bien d'autrui, qu'ils ont contraint mon pauvre peuple à la mendicité !...

4

IV

N'es-tu pas devenu, ô seuil accla-
mé de la Civilisation, ma terre na-
tale, qui me relie par de doux sou-
venirs d'enfance, à mon toit paternel
sous lequel je suis né, où j'ai grandi,
souffert et aimé, où j'ai vécu, travaillé
et pensé, où j'ai participé à la vie
commune, où j'espérais atténuer
mes peines, où je me révoltais contre
les injustices sociales — ce toit que
peut-être, hélas ! je ne reverrai jamais
plus de mes propres yeux !

Ne plus revoir cette pauvre contrée, tant éprouvée, privée de tout,
où d'un côté, le peuple d'esclaves
soumis plie, ignorant son droit de
rédemption intellectuelle, craignant
l'État actuel, décadent et agoni-
sant, craignant également une ère
nouvelle pour laquelle il serait con-

traint de combattre, les armes à la
main, ses oppresseurs enragés, et
— par ce fait — de reconquérir
ses droits enlevés ; de l'autre côté,
« les reines-abeilles », les laquais
royaux, les courtisans, les ambassa-
deurs, les charlatans politiques, fi-
nanciers et diplomates, les rond-
de-cuir, tous indistinctement nour-
ris au Râtelier de l'État et protégés
par la Loi elle-même : toujours le
droit de plus fort ! — dilapidant
leurs sujets révoltés et exténuant
jusqu'au dénûment ce malheureux
pays qui ne présente déjà plus que
des flammes — incendie provoqué
par ces parasites, ennemis du
peuple !

Il est triste d'avouer que le nom
de mon pays soit pour moi, comme
pour tous les miens, le nom d'une
patrie asservie !...

V

Ne fus-tu pas toujours, malgré
tant d'éclipses, de fluctuations,
d'épreuves, de minutes tragiques,
un foyer jamais éteint de liberté et
de lumière, au sein duquel pou-
vaient vivre et durer ces flambeaux
du génie humain et leurs idées
généreuses, humanitaires et émanci-
patrices ? Soleil immense qui, par ton
apparition purpurine, sus simulta-
nément réchauffer et ennoblir le
cœur des sauveurs de l'humanité,
venus s'abriter dans tes parages
olympiens ?

VI

Tu laisses *prendre* l'essor à la vaste intelligence humaine qui a soif de science, de culture intellectuelle et de complète liberté individuelle — l'épopée nouvelle du suprême amour de l'humanité !

Tu fais renaître l'espoir et l'idéal en ces grands et hardis « lutteurs de l'âme », exilés de leur mère-patrie par la « sainte-simplicité », trois fois crucifiés sur un nouveau « Golgotha » judaïque, venus se réfugier sous ton aile gigantesque et protectrice !

VII

N'est-ce pas chez toi, nouvelle
terre promise, que même jusqu'à
présent, sont venus échouer, s'abriter et mener la vie de paria, dans
une douce somnolence, jusqu'à ce
qu'ils ferment les yeux — ces
maîtres de la justice intègre et de
la liberté, ces apôtres téméraires
et ces promoteurs surhumains qui
vivent sous tes cieux enchanteurs,
sous tes voûtes sereines, toutes
faites d'azur, annonçant l'approche
d'une ère grande et glorieuse, ère
de paix, d'amour sur terre et
d'union fraternelle; cette ère venue
tard, pour ceux qui ne pourront
jouir de la récolte de leurs semailles,
jetées dans un sol fertile, ceux qui
ne verront pas le soleil s'y lever,
inondant de ses rayons ardents leur

chère patrie à jamais abandonnée
par ses premiers innovateurs ! « patrie » qui les poursuit, les affame,
les tue, les répudie !!

Ces précieux aristocrates de la
pensée rebelle et de l'action révolu-
tionaire — n'entendront guère que
la misère du peuple, ses plaintes
et ses sanglots, répandus comme un
océan dans leur pays — auront
disparu désormais pour toujours !

VIII

N'est-ce pas chez toi, ô côte su-
perbe, nuancée d'une aurore de
lumière rose, que sous ton ciel en-
chanteur, l'âme se dilate, se sent
renaître, redonnant à la pensée son
brillant resplendissement de diamant
et rendant l'inspiration pure et cris-
talline ?

IX

N'est-ce pas toi, âtre intellectuel, qui me tend une main *bienveillante* et *généreuse*, à moi pauvre grain de poussière de ce panthéon grandiose, rempli de glorieux pionniers, protecteurs du prolétariat assujetti, qui ont toujours défendu la cause du peuple spolié et opprimé ?

Oui, tu me tends une main de sauveur, main forte comme ton granit pour me préserver des coups de tant d'astucieux ennemis, lâches pleutres, couards et poltrons, éclaboussés par le sang humain de leurs victimes, par le sang innocent, sang venu de ces martyrs, qui se redressaient avec raison dans les luttes sociales acharnées, dans les révolutions sanglantes : les vraies « onctions » des peuples !

Et voilà toutes les tristes consé-
quences de cet apothéose morose :
des crânes, des squelettes et des
cadavres humains, entassés en pyra-
mides!...

Oh! l'inéluctable nécessité de ce
combat, de cette guerre sans merci
à livrer aux bourreaux, aux tyrans,
aux maîtres despotiques de la Caste
orgueilleuse et guerrière, fondateurs
soldés des casernes, des monastères,
des églises, des presbytères, des cloî-
tres, des séminaires, des mosquées
noires, des chapelles *gothiques*, des
consulats, des mairies, des palais
royaux, impériaux et républicains :
Écoles du Crime ! A livrer aux
méprisables gouverneurs — che-
valiers de knout! et renforceurs de
la réaction ténébreuse, de mystère,
d'ignorance et de vice !...

X

N'est-ce pas toi, coin de feu tant désiré, auprès duquel aujourd'hui j'ai trouvé un abri pour me reposer et achever de payer la dette due à ma patrie, et remplir mon devoir filial envers l'humanité?

Là j'ai trouvé l'aliment à mes moyens de défense qu'engendrent mes armes vengeresses et invincibles de bataille : la *pensée libre* et la *parole* libre — pour l'exclusion des harems, des monuments commémoratifs de déséquilibrés rétrogrades, opprimant le peuple; pour démolir et ainsi faire disparaître les palais royaux, les cours impériales et leurs courtisans royalistes; pour incendier les châteaux, les églises, les couvents, les synagogues et toutes les propriétés religieuses, privées ou gouvernementales avec leurs possesseurs-exploiteurs, qui ne vivent qu'honteusement au détriment d'autrui !

Ou, non, non ! assez de crimes ! assez de sang fraternel versé ! qu'on leur laisse la vie ! mais pour les empêcher de nuire au genre humain, mieux qu'on les mette en demeure de se rendre utiles à la production commune, qu'on fasse tout pour les remettre dans le droit chemin, ou bien qu'ils s'expatrient volontairement plutôt que de se laisser mettre par nécessité sous la férule communiste, se faisant poursuivre et juger comme des êtres affreux, mis au ban de la société, ainsi qu'ils le font faire pour nous aujourd'hui et d'une façon bien pire, par leurs sbires administratifs et rançonnés, en nous condamnant et nous enfermant dans leurs casernes et prisons — bastilles modernes — tombeaux de vivants ! et quant à leurs immeubles — qu'on les utilise plutôt au profit de l'œuvre sociale !

Pour la destruction pierre par pierre des forteresses et des casernes de ce militarisme, sauvage et absurde, qui n'acquit son existence qu'à l'abus de la force, même jusqu'au siècle « cultivé » d'aujourd'hui ; pour laïcisation ou anéantissement des temples pieux, mais piteux et inutiles qui se désertent déjà — sources d'exploitation, d'hypocrisie et de commerce honteux : par la vente des « indulgences, rachat de péchés », faite au nom de la Sainte-Croix, dont le nom du martyr qui la porta est celui de bonté suprême, miséricorde infinie, patient médiateur et philosophe-prophète, Christ idéal, grand ensemenceur, sauveur et anarchiste athée ! dont la « résu-

rection du tombeau » n'est qu'un
mensonge biblique-chrétien avéré —
exploitation de l'ignorance sur une
grande échelle par l'Église et ses
thaumaturges officiants hypocrites!
Parce que — « pour en *célébrer*
l'Hypocrisie, elle-même, il faut
l'Éloquence de trois cents pasteurs
religieux : protestants, catholiques,
chrétiens ou orthodoxes ! »

Et si, en réalité, la vie terrestre
de ce Jésus et sa fameuse existence
sur terre, au temps du « vieux
monde », ne fut qu'une création
mythologique et imaginaire-céré-
brale — une légende des siècles et
des peuples — vraiment il eut été à
juste titre un habitant des régions
universelles de la pensée humaine,
qui par ses paroles et ses actions sur
terre — sut imprimer un rayon d'es-
pérance, rayon d'humanité, rejeté
vers l'horizon rougeâtre de l'Occi-
dent !...

XI

N'est-ce pas toi, royaume légendaire, royaume sans rois — œuvre créatrice du penseur, à toi nommément, et non à tes capitaux corrupteurs, ni à tes Institutions bourgeoises : Cour royale, impériale, républicaine, autocratique ou démocratique ; Palais, Gouvernements, Lois, Propriétés, Églises, Casernes, — perpétuellement démoralisateurs et abrutis ! — que je dois exclusivement la reconnaissance d'avoir conservé ma vie sans soumissions dégradantes au siècle duquel je suis contemporain, et s'il le faut, je la donnerai cette vie, pour la défense de la liberté, pour la réhabilitation de la vérité, de l'égalité, de la fraternité, d'amour sur terre ; pour écarter du cerveau les idées routi-

nières et fausses sur la Famille, sur
Dieu, sur la Propriété, sur la Pa-
rite, sur le Drapeau militaire, sur
le Respect, sur l'Autorité, sur la
Morale — qui créent les Institutions
actuelles et meurtrières ; pour destruction chez les crédules bornés
de leur « Croyance en Dieu » et en
sa « force divine », desquelles l'Église
a tant trafiqué dans sa fonction
honteuse et mercenaire — dévotions
dont leur « Créateur » logiquement
— *Néant,* abstrait, indifférent et
absurde jusqu'au Crime — ne sau-
rait intervenir même dans notre
existence de chaque jour; pour dé-
triturer cette Planète pécheresse de
tous les parasites, de tous les mou-
chards, de tous les vicieux, vers
humains qui l'encombrent et l'inon-
dent de leur infâmie, en nous étouf-
fant dans la douleur universelle;
pour l'extermination des tyrans,
bourreaux et voleurs assermentés,

porteurs d'ignorance et de ténèbres
— tous ces « Couronnés mondials »,
malfaiteurs monstrueux, inquisi-
eurs renouvelés et réactionnaires
contemporains, sous les « oints du
Seigneur » et de la «Sainte-Huile» —
descendants directs de l'*homme primi-
tif*, dérivant du *singe !* et légalement
soignés : Empereurs, Sultans, Schahs,
Rois, Princes, Papes, Patriarches,
Prélats, Clergés, Présidents de Républiques, Procureurs et Accusateurs
légaux; Sénat, Douma, Parlement,
Chambres de Députés et de Lords,
et leurs représentants élus — faiseurs
de Lois et souteneurs de l'Ordre !
toute la Magistrature fonctionnante
et tous les dictateurs et usurpateurs
au pouvoir, imposant à leur profit
leur joug politique, économique et
capitaliste, au peuple; tous les sur-
vivants de la bêtise et des préjugés
humains — ainsi que ces niais
classiques du Saint-Synode !...

Hélas! je suis prêt à donner mon existence qui contient, en petit, l'image de tout un peuple, consciencieusement certain que je suis bien innocent de mon expulsion arbitraire!

XII

Salut et hommage, ô chère patrie
des expatriés !

Hommage devant ta face solen-
nelle, ta vue réconfortante et toujours souriante où, planant au-dessus
de nous, sous ton firmament calme
et éclairci, s'étend dans tes horizons
éternels et sans bornes, à perte de
vue — le reflet pourpre de la
mière matinale : le Réveil Ultime
de l'Humanité ! et où l'on a l'intui-
tion de sentir le souffle éthéré et
caressant, s'envolant librement vers
les nuages vagabonds dans l'espace
jusqu'au-delà de toute limite —
souffle éphémère et sublime des
grands combattants athées !

Je me découvre et je baisse la
tête, ravi et muet, je me tiens en
vénération devant toi, ô belle nature,

riant pays, déjà ma seconde patrie —
« joyau monstrueux de la couronne
de l'Europe intellectuelle », peuplé
d'étrangers et d'exilés, ô char-
mante terre d'autrui, Patrie de la
Liberté !

Et certes, me sentant dans ma
patrie, plus étranger qu'un étranger
lui-même — quoique cependant je
me trouve éternellement en détresse
chez toi — au nom de la Conscience
universelle, qui élève déjà hautement
sa voix victorieuse vers lumière et
fraternité, soumettant à une critique
sévère tous les mauvais enseigne-
ments que l'École bourgeoise incul-
que au peuple et mettant à nu le
vide des préjugés religieux, politiques et sociaux, dont le mensonge
est devenu vertu et la platitude —
un devoir, une habitude inhérente et
toute naturelle ! — au nom de la
Logique scientifique qui clairement
trace la voie naturelle, indicatrice,

véridique et évolutive vers paix et
égalité, dépouillant l'éducation en-
fantine de l'hypocrisie religieuse et
judiciaire — de la peur enracinée
de l' « enfer », de la « loi divine »
de souffrances de l' « âme damnée »,
de la vengeance d'un « dieu impla-
cable » et de l'horreur de Combat
et de Révolution — qui rendent la
jeune génération craintive, obéis-
sante et la font une « amie de
l'Ordre »; au nom de l'Anarchisme
révolutionnaire, dont les représentants martyrisés, ces grands cœurs
des peuples, succombant en proie
à la faim, la prison, l'exil... ou —
sous le feu de la bataille, sous le
coup de la mitraille, de l'épée en-
sanglantée ou du canon de frères-
ennemis — arboraient hautement
le drapeau de leur philosophie : « Ne
se courber devant *aucune* autorité,
si respectée qu'elle soit; n'accepter
aucun principe, tant qu'il n'est pas

établi par la raison » — et qui, faisant évoluer l'individu et révolu-
tionnant la populace, formera l'*ho-
sanna* de la société future et cou-
ronnera finalement l'œuvre rêvée de
l'humanité entière, entamée par les
siècles sans nombre — où la liberté
intègre triomphera splendidement,
où l'amour règnera uniment sur
terre, lorsque les combats sociaux
auront pour but, non pas seulement
le *droit d'existence matérielle*, mais —
de travail plus fructueux et agréable,
de développement et de perfection-
nement scientifique et purement
individuel — voici pourquoi aujourd'hui Je te rends :

Hommage !

TABLE

Ce Volume
a été imprimé, gravé et broché
en dix mille exemplaires
dans les
ateliers de l'imprimerie ouvrière espérantiste
L'UNIVERSALA
20, rue du Cloître-Saint-Merri
Paris (4e).

—

25 Janvier 1912

A LIRE ET A PROPAGER

La Bataille Syndicaliste, quotidien ;
L'Humanité, quotidien socialiste ;
La Guerre Sociale ;
Le Libertaire ;
Les Temps Nouveaux ;
Les Hommes du Jour ;
L'Idée Libre, revue mensuelle ;
Bulletin de la Fédération Révolutionnaire Communiste ;
Germinal, Amiens (Somme) ;
Hors du Troupeau, Orléans (Loiret) ;
La Vie Ouvrière, revue syndicaliste bimensuelle, paraissant le 5 et le 20 ;
Génération Consciente, mensuelle ;
La Vie Naturelle, revue mensuelle ;
La Raison, journal-revue bimensuel ;
L'Avenir, hebdomadaire franco-russe ;
L'Emancipateur, organe communiste-anarchiste-révolutionnaire, bimens., Liége (Belgique) ;
Le Réveil, hebdomadaire socialiste-anarchiste (franco-italien), Genève (Suisse) ;
Hléb i Volia, organe anarch.-commun. russe, Genève (Suisse) ;
Freedom, journal of anarchist communism, 127, Ossulston Street, London, N. W. (Angleterre) ;
Et *L'Anarchie* (?) S. V. P. ! Hélas ! *Pauvre* Anarchie ! *Tu es devenue* pamphlet ! *O !* Libertad ! *descends donc un instant de tes cieux athées voir comment* (idiotement !) *elle est dirigée aujourd'hui par ses représentants généraux* (néo-bourgeois et estampeurs de camarades !) : Le Rétif, La Rirette et Cie !!!